꿈꾸는 바다나그네

새벽 안택상

BOOKK

꿈꾸는 바다나그네

발 행 | 2022년 8월 23일
저 자 | 안택상
펴낸이 | 한건희
펴낸곳 | 주식회사 부크크
출판사등록 | 2014.07.15(제2014-16호)
주 소 | 서울특별시 금천구 가산디지털1로 119 SK트윈타워 A동 305호
전 화 | 1670-8316
이메일 | info@bookk.co.kr

ISBN | 979-11-372-9266-6

www.bookk.co.kr

차 례

꿈꾸는 바다나그네

작 가 소 개

청소년시절 문학의 꿈을 꾸는 것은 아주 자연스런 현상이다. 하지만 어느 시점이 지나면 그 꿈은 베갯잇 속으로 숨어 그야말로 몽상가로 남는 것이 우리네 일상이다.

인터넷 문학의 선두 주자 안택상 시인.

그가 문학에 발을 들여 놓은 시기 또한 부산에서 중등 고등학교 재학시절 작문을 통하여 그 싹이 보이기 시작했다.

어린 시절 국어 교사의 칭찬이 미래에 대한 약속으로 이루어진다는 평범한 진리를 현실로 옮긴 대표적인 예이다.

구수한 부산 사투리로 말문을 연 안 시인은 문학의 입문을 다음과 같이 말한다.

"문학에 발을 들여 놓은 것은 가난했던 대학시절 술값이나 벌 양으로 학보사에 창작물을 부산지역 일간지에 학생 기자로 활동하면서 가십[gossip]이 실리면서 글쓰기를 본격적으로 시작했지요."

그는 동아대학교를 거치면서 지금의 우정사업본부인 체신부에서 행정공무원생활을 시작한다. 공무원생활은 지금의 그를 만드는 징검다리가 된다.

체신부의 소식지인 "체신"에 '나의 25시'가 발표되면서 정공채 시인님을 만나 시인의 길로 들어선다.

"그 후 '공무원 문학회' 동인으로 활동하면서 우리나라 서정시를 대표하는 박목월 시인님을 연구하고 공부했습니다. 그 당시 저를 이끌어 주신 분으로는 윤강로 시인님으로 박목월 시인님의 직제자 격이었습니다. 박목월 시인님의 시에 심취하고, 둔탁했던 글을 다듬는데 윤 시인님께서 많은 도움을 주셨고, 저는 12년간의 안정적인 공무원생활을 접고 전업작가의 길로 나서게 되었습니다."

안 시인은 문학이 좋아 종합 계간지 "좋은문학"에서 기획실장을 맡으면서, 동인 20여명과 작품을 합평(合評)을 하고 새내기 시인들의 글을 돌봐주는 등 문학도들의 등대 역할도 하게 된다. 90년대 금고 속에 묻어 두었던 습작 원고지를 꺼내어 탈고하여 처녀 시집 "꿈꾸는 바다나그네"를 출간하므로 시인으로서 틀을 잡아 나간다.

그의 두 번째 시집 "나는 사랑하여 죽어도"는 늘 고리타분하게 여기면서도 시인들의 영원한 노래인 사랑을 주제로 한 이 서정시집은 교보문고의 베스트셀러가 되면서 이달의 작가로 선정되었고, 팬 사인회를 가지는 등 각종 행사를 통하여 그의 이름이 알려지기 시작한다.

그리고 세 차례에 걸쳐 개인시화전을 열어 과거 시인 묵객이 실천한 3절(三絶). 즉, 시서화(詩書畵)를 일반대중에 보여줌으로 시에 대한 빠른 이해를 인식시키는 역할도 마다하지 않았다.

그는 바다가 그리운 시인이다. 그의 고향이 부산이기도 하지만 우리의 인생을 긴 항로에 비유하듯이 바다는 동서고금과 남녀노소를 막론한 영원한 동경의 대상이다. 안 시인도 그 바다에서 사랑을 찾았고, 바다에서 시의 주제를 만들어 가고 풀어갔기에, 항상 바다에 가슴을 던지는 작업을 하고 있다.

그가 바다를 동경의 대상으로 삼고 있다는 반증은 인터넷카페 '동해로 가는 동행(http://cafe.daum.net/aaats)'을 운영하는 사실에서도 찾아볼 수 있다

'동해로 가는 동행'은 인터넷 문학의 대표적 주자로 회원 수가 오만여 명에 달하고 하루에도 백여 편 이상의 신작 시(詩)가 등록되는 인터넷 문학의 산실이다.

'동해로 가는 동행'이 등록된 지 꽤 많은 시간이 지났다. 그들은 분기마다 전국을 돌며 시낭송회를 하고 시화전도 열며, 매월 산에 오르며 시 소재를 구하기도 한다

그의 장점은 왕성한 작품 활동이다. 그 스스로는 물론 그를 아는 모든 이들은 누구나 그렇게 인정하고 있다. 그는 하루라도 시를 발표하지 않으면 머리에 가시가 돋는 느낌이라며 자신의 왕성한 작품 활동과 작품의 폭을 설명한다.

지금은, 그의 작업실에서 두문불출하며 집필에만 매진하면서 청록파 시인들이 추구했던 서정시를 죽을 때까지 발표할 것이라 굳게 다짐한다.

"시를 포함한 모든 문학은 어려워서는 안 됩니다. 편안하게 전달하여 문학을 즐기고 문학의 꿈을 키워 나가게 하는 작업이 문학인들의 역할이라 생각합니다."

그는 누구도 생각하지 못한 큰 포부가 있다. 서정시의 매개체 역할을 할 전문대학 수준의 문예대학을 설립하는 것이다.

마지막으로 던진 서정시 문예대학 설립계획은 서정시에 대한 독기(?)를 느끼기에 충분했고, 안 시인은 헤어지기 전 그가 가장 아낀다는 시 한수를 들려주었다

"나는/사랑하여/죽을 때까지/당신/떠나지 못할/단,/한 사람"
(안택상시인. '나는' 전문)

[뉴스선데이 인터뷰 기사] - 한철수 전문기자

Ⅰ. 천년의 사랑

낙엽

차가운 보도
얼음 같은
너의 시린 얼굴

슬픈 미소
떨어진
나의 찢긴 영혼

너의 얼굴에서
나의 영혼
길 잃은 일렁임 본다

그것이
운명인가 보다

잠시잠깐,
너에게 머무는 것이……

눈물사랑

사랑하는 이여!

나 죽으면
슬픈 영혼 거두어
술 취하지 않는 시간
가만히 안아 주오

사랑으로
다시 아프지 말자
맹세했건만

눈물의 종착역
쓰러져 누운
죽음보다 짙은 그리움

술 한잔의 추억과 인연
안으로,
안으로,
여윈 가슴
상흔 되어 남지만

이 밤,
온전히 지켜 주시는
당신으로
다시금 환생합니다

옹이진 눈물사랑
밝히면 밝힐수록
타들어 가기에
접어둔 사연

밤으로 깊어갈 수밖에……

바람이었습니다

파도에게 입술 주는 이
바람이었습니다

당신 달콤한 입맞춤
별 되어 반짝이고
우주 되어 춤춥니다

하얀 이 드러내며
그리운 사랑
한 점 섬으로
인도한 이
바람이었습니다

깊은 겨울 밤
애타는 한숨소리
나의 마음창문
두드리게 한 이
그 또한 바람이었습니다

무슨 사연 많아

천년사랑
종이학으로 남았는지

우리 사랑
천상으로 향할 때
당신은 살포시 눈감은 채
얼음같이 시린 가슴
포근하고 따뜻한
바람으로 함께하기 원합니다

천년의 사랑

사랑하는 사람
고이 눈 한 번 맞추고
나, 떠나갑니다

글썽이는 그 사람
시린 눈물 한 번 보고
나, 떠나갑니다

이제 가면
언제 다시 올지 모르는
이별의 길목
그 사람 홀로 남겨두고
나, 떠나갑니다

지금은 떠나가지만
영원히 놓지 못할 사랑이기에
그 사랑 고이 접어
안으로,
안으로,
안으로 삭여둡니다

혹여,
다른 세상에서 만나면
영글지 못한 사랑
외면치 마시고
그때까지 기다려온
간절한,
간절한,
천년의 사랑이었다
애달프게 말씀하여 주옵소서

운무사랑

긴 기다림으로 마신
한잔 술
사랑으로 가득
깊은 사연 계곡 따라
한없는 그리움 쫓아가니
아름다운 운무 되어
그리워 산 넘는
간절한 사랑
안타까움 타고 남아
외로운 집시여인 눈물 됩니다

흐르는 눈물
옹이처럼 각인되어 남더라도
눈 위 쓴 시(詩)처럼
그리운 운무 그리는 것은
영롱한 새벽이슬처럼
깊은 한으로
찾아오시는
사랑하는 임 기다려
운무 되었다고

말하려는 것입니다

지새워 달려온 운무사랑
임 위한 새벽이면
밝게 빛나는
유리구슬처럼
그대 안에 반짝이며
사랑노래 하는 시인 됩니다

당신은 영화 같은 내 삶에 우연으로 오셨습니다

당신은 영화 같은 내 삶에 우연으로 오셨습니다

관객도 없고 감독도 없는
그저 막연히 대사 하나 달랑 쥐고
혼자 만들어가는 영화랍니다

관객 생각하지 않았기에
스크린 필요 없었고
감독 없었기에
격식과 절제 필요 없었습니다

삶의 한순간 순간이
대사이기에
굳이 머리 싸매고 외울 필요 없었습니다

삼장사막 막 오른
연극인 냥
고함치고 악다구니 쳐도
나만의 공간이었기에
눈치 보며,

서투른 몸짓 조아릴 필요 없었습니다

어느날
광기 어린 한 장면 연출하고
차가운 무대 위
쓰러진 배우 사윈 눈 속
별 되어 찾아오신
당신은
유일한 관객

내 영화의 끝 어디인지 모르지만
이미 이 영화
누군가에게 보이게 되었습니다

이제부터
오직 당신을 위한
최선의 영화를 만들겠습니다

당신은 영화 같은 내 삶에 필연으로 오셨습니다

나의 사랑시

천년을 하루같이 살아갈 수 있다면
폭풍우 몰아치던
과거 아픈 기억 떨치고
새하얀 백치웃음 띨 수 있으리다

당신의 눈에서
피어오르는 물안개 보게 되면
깊은 입맞춤으로
메말라가는 심신 달래 주며
은은히 흩어지는
당신 닮은 사과향기
아늑함에 취해
안으로,
안으로,
잦아드는 사랑노래 부르리다

마음 다하여
우리 사랑
타들어 가는 촛불 되어
아름다운 향기로 사그라질 때

간절한 영혼 만남이었다고
감히 말하리라

나의 사랑시(詩)

결코 마를 수 없음은
오직 하나로
섬겨온 당신 위하여
천년약속으로 지켜온 간곡한 소망이기에……

이제는 사랑이라 말합니다

사랑은 아픈 것인 줄 알았습니다
피하면 되는 줄 알았습니다
내 것 아닌 양
모른 척하면 되는 줄 알았습니다

바다가 보고 싶어
늪처럼 술잔에 빠졌습니다

고독의 구렁텅이에서 자해했습니다
그리고 사랑에 빠질
준비되었다는 것을 느꼈습니다

사랑할 수 있을 것 같습니다
이제 가슴 깊이
안을 수 있을 것 같습니다

그대 향한 나의 사랑
영혼사랑이라고
후생에 다시 만나면
천생연분으로 오실 사랑이라고

입에서 나와
그렇게 되뇐 사랑 아닙니다

쓸개 씹어 다져온
사랑앓이,
끊을 수 없는 사랑이라 감히 말합니다

홀로 지새운 숱한 밤
그 시간들로
이렇게 사랑 그립니다

내 사랑,
순수의 강 건너
그대 핏속 떠도는 소금인형이기에……

사랑이야기

바람 흐르는 소리 듣습니다
가슴 포근히 감싸듯
다정하게 다가오신
그대 고운 느낌
온전히 느끼시라
조용히 흐릅니다

비 오는 소리 듣습니다
내 안의 완전한 우주로
소리 없이 찾아오신
그대 고운 눈물
온전히 흘리시라
잔잔히 흐느낍니다

별 내려앉는 소리 듣습니다
깜깜한 밤하늘 헤치며
묵향 깊은 멋으로 다가온
그대 고운 향기
온전히 맡으시라
은은히 내려앉습니다

고운 느낌으로 흐르며
고운 눈물로 흐느끼고
고운 향기로 내려앉는

'우리 사랑이야기'

동해의 새벽 맞으며
깨어있어야 하는 이유입니다

사랑신의 선물

당신 온전히 섬기려
혼으로 갈고 닦아
유리성 지었습니다

별로 융단 갈고
이슬로 영원차 끓여
사랑물감으로 단장했습니다

젖은 바람새로 오시렵니까?
하얀 눈물로 오시렵니까?
파란 향기로 오시렵니까?

기다리는 마음
세상에서
가장 아름다운 풀꽃으로
오롯이 피어납니다

오직 당신 위하여
천상춤 춥니다
고고하게 떠도는 선학처럼

보석보다 빛나는
순결한 마음으로 섬깁니다

부디 오시어
주인 되어 주소서

나의 삶,
당신 위하여 준비된
사랑신의 선물입니다

받아주면 아니 되옵니까?

목소리 듣고 싶어
전화를 하오

그대 잠든 깊은 밤
벨은,
끝없이 달려가건만
어이하여
죽은 듯 잠들어 있나요

사랑은 이렇게
목말라 타들어 가는데
꿈으로,
꿈으로,
꿈으로만 달려가는지

동트는 어스름
깨어서 기다리는
갈급한 심정,
잦아드는
그대 목소리 그리는데

무심한 소쩍새
사위어 젖은
한숨만 깊어 가네

부칠 수 없는 영혼편지
가슴에 품고
그대 안의 천년바위

간절히,
간절히,
간절히 목소리 듣기 간청합니다

잠시,
잠시 깨어서
받아주면 아니 되옵니까?

해바라기 사랑

희미하게 먼동 틀 즈음
까만 밤바다
헤치고 떠오를
당신 모습 보려고
키 작은 담장 안
숨죽이고 기다렸습니다

영롱한 이슬로 오실
당신이기에
지독한 외로움
홀로 삭이며
모진 바람 긴긴밤
지샐 수 있었습니다

은백색 달무리
슬픈 눈으로
파랗게 여위어 가고
물기 젖은 별빛
한숨으로 수놓아도
새벽으로 오실

오직 한 분
당신 기다리는
애달픈 해바라기
새하얗게 사위어 가겠습니다

당신은 그랬습니다

당신은 그랬습니다

눈을 쳐다보면 호수가 생각나고
인형처럼 어루만져주고 싶은
느낌이 좋은 사람

화려하지 않지만 담백하고
소신 뚜렷하지만 배려할 줄 아는
생각을 단순하게 해주는 사람

당신은 그랬습니다

같이 걸어가면 아카시아 향기
온몸에서 뿜어 나오며
커피를 마시며 소주 꿈꿔도
잔잔한 미소로 받아주는 사람

장미를 가슴에 안고 있어도
가녀린 풀꽃처럼
순백함이 더 어울리는

눈 맑은 어린아이 천진난만함
생각나게 하는 사람

당신은 그랬습니다

가만히 눈 맞추며 감싸 안고
갑작스레 입맞춤하여도
가슴 다독이며
받아 줄 것만 같은 사람

당신은 그랬습니다

사랑해도 될까요?
함께하고 싶어요!
같이 갈 수 있을까요?

이 모든 것,
받아 줄 것만 같은 사람

당신이 바로 그 사랑입니다

어머님

세상에서 닮고 싶은 사람
한 분 계십니다

그분이 당신입니다

당신의 눈 보고 있으면
맑고 맑은 하늘 보입니다

당신의 목소리 들으면
감미로운 음악
어디에서 나오는지 알게 됩니다

당신의 마음
들여다보고 있으면
천상의 황금노을 보입니다

꿈속에서 보았습니다

꽃처럼 고운 당신
아버님 품속 안겨

행복해 하시는 모습 말입니다

깨어나고 싶지 않아
이부자리 푹 뒤집어쓰고
깊은 꿈으로
달려, 달려갔습니다

하지만, 당신은
당당히 세상으로 나가라
준엄하게 내몰아 세우십니다

다시금 일상으로 돌아와
안겨주신 희망 안고
동해로 힘차게 걸어갑니다

사랑합니다
당신, 영원히 사랑할 것입니다

아버님

낡은 일기장 펼쳐보니
아픔만 가득
어이하여 눈물만 묻어 있는지

한 편의 영화란다
삶이 그러하였구나
어이하여 무서리만 내렸는지

당신께서 주신 술잔 돌이켜
당신 영정에 따르오니
당신은 아직도 살아 계십니다

보릿고개 눈물고개
그렇게 홀로 이고지고
묵묵히 떠나시더니
한 점 별,
그 녀석으로 오셨군요

다 놓고,
다 비웠습니다

이제는 더 버릴 것이 없습니다

당신 크신 사랑
장맛비처럼 흠뻑 받았으니
이제는,
온전히 돌려드리겠습니다

당신 주신 한 점 별
당신 섬기듯 정성 다해
바르고 굵은 나무로 키우겠습니다

아버지의 자리

나이 마흔 넘긴 지금
당신께서 드셨던
소주 맛 알 것 같습니다

깊은 밤,
등 돌려 누운 채
마른 눈물 찍어 내셨던
이유 없는 아픔
이제야 알 것 같습니다

살아가면서
가장이라는 허울 아래
위세 부리고 권위 내세우는 것
아버지의 자리인 줄 알았던
어리석음에 가슴 칩니다

자식 낳고 아버지가 된 뒤
그저 내버려두면
자기 복 자신이 가지고

태어난다는 속설
진리인 냥
그렇게 알고 살았습니다

부끄러운 자식입니다

당신께서 세상 떠나실 때
가장 무서운 눈
저에게 보여주셨습니다

정 떼고 가시면서
세상 어려움
혼자 당당히 헤쳐 나가라
큰사랑 주신 것
조금이나마 알 것 같습니다

당신을 하늘처럼 여기시고
팔십 평생 수절하신
물망초 어머님
죽어도 섬기는 영원사랑

그 사랑 다함 없도록
못 다한 효도
여한 없이 하고 싶지만
눈 안의 가시인 양
불효 끝없으니
감히 용서조차 빌지 못합니다

당신 닮아가는
그림자 같은 자식 녀석
지금은 제가 데리고 가지만
언젠가 저도 홀로 걸어가겠지요

그때 당당하게 걸어가라
자신 있게 보내도록 하겠습니다

꿈꾸는 봄날

우울하고 답답한 마음 털어내고
다시금 일상으로 돌아와
초원에 드러누워 하늘 본다

초록 잔디 상큼하게 다가온 봄날
생각 없이 창공 날며
뭉게구름 쫓는
내 마음은 하얀 풍차

임 사랑 닮아 저리도 고울까
새하얀 마음 살짝 실어
동해로 날아갈까 보다

아름다운 산새 소리 들으며
어릴 적 한가로운 고향 그리고
기분 좋은 오수에 젖어본다

풀벌레 소리 봄기운 재촉하며
살랑대는 바람 귓가에 맴도니
웅크린 가슴 활짝 털어내고
싱그러운 자연과 하나 된다

당신은 아니지 않아요

생각 없이 건너온 마흔 후반
남들은 웃으며
그냥 지나칠 수도 있는 세월

죽음이 오히려 편했던 아버님
가슴앓이 한평생 어머님
지어미 바람으로 놓고
외론 한 점 별
허허로운 아비 삶 묻혀 살았구나

놓는다고 자유로울 수 있더이까
가슴 속 응어리
옹이 져 사무칠 수밖에

핏빛 눈물 보옵니다
한으로 쌓인 정이기에

무엇이 이토록
가슴 찢어지게 하더이까

두고 가면 그믐달
서슬 내리는 새벽인데
어이하여 아픔
깊은 늪에서 헤어나지 못하는지

놓고 싶어 놓았지만
혈육은 무한 한데
유한한 그대와 인연
아무렇게 내던져진 깡통사랑

별도 울고,
그림자도 울고,
지켜보는 이도 울었습니다

당신은 사랑이 아니더군요
그저 스쳐 지나가는
아픈 상흔 만드는 기계였습니다

기억에서 편해지렵니다
그냥 이유 없이

생각 머물지 않는
단순 함이라는
어설픈 핑계 내세우며……

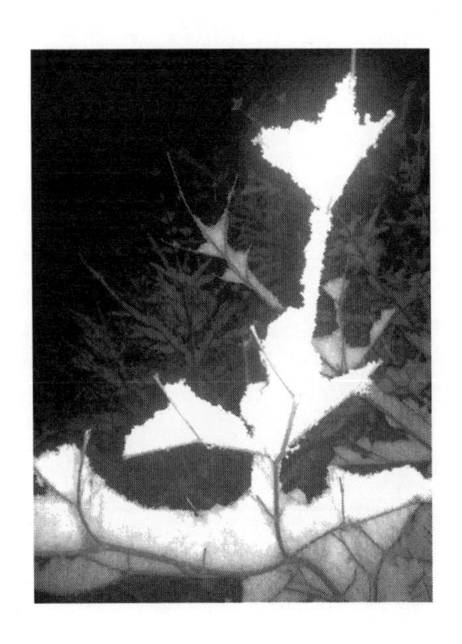

그리움

당신 그리워
.
.
.
.
.
.
.
.
.
.
깊은 밤

잘게,
잘게,
썰어서
지독한 아픔으로
사위어 가는 눈물강 됩니다

Ⅱ. 동해의 길목에 서서

혼의 몸짓

그리움 차곡차곡
기다림의 세월
마음 다하여
오직 한 곳만 바라보며

기도하는 수도승처럼
흔들림 없이
힘차게 노 저어
시린 바다 건넜다

꿈의 동해
낯익은 선창
지친 몸 눕히니
기다려 고운 임
가슴으로 품어 주시네

임 위한 춤사위
혼의 몸짓
사위어,
영원으로 향한다

사랑

사랑하는 마음과
사랑받는 마음
원래부터 하나였습니다

사랑하는 마음은
동시에,
사랑받기를 원합니다

그것은
결코 이기적인 것이 아닙니다

사랑은 주는 것이며
받는 것이기 때문입니다

사랑은
의혹도,
두려움도,
속박도 없습니다

다만, 꿈꾸는 천국만

존재할 뿐입니다

세상에서 가장 아름다운 창은
사랑하는 마음과
사랑받는 마음
하나로 바라볼 때입니다

사랑하겠습니다

생명 다하는 날까지
영원히 마르지 않을 믿음으로……

사랑합니다

아픔 있었습니다
눈물 있었습니다
미움 있었습니다

그러나 그 모든 것
당신 사랑으로
아름답게만 느껴집니다

오로지 당신으로
눈뜨고
호흡하고
거짓말처럼 살아갑니다

함께 있어도 그리운 당신
언제까지 있어달라고
간절한 소망으로
순간순간
마지막 날인 것처럼
두 손 모아
기도하며 살아갑니다

사랑합니다

나보다 당신으로
하루하루
너무도 소중하기만 합니다

존재의 이유

장대비 오던 날
찢어진 우산도 없이
온전히 젖은
한 떨기 백합으로 다가오신
당신이기에
무채색 수채화 그립니다

빈 가슴으로 삭여온
외로움의 빗장
살며시 걷어 주신
당신이기에
그리움의 사랑열차
함께 타고자 감히 말합니다

아프지 않는 사랑
마르지 않는 사랑
울지 않는 사랑

그런 사랑만 하자고
우리 고운 사랑 춤춥니다

당신 푸른 가슴
보석처럼 빛나는
사랑시 바치오니
외면치마시고 거두어 주옵소서

불꽃처럼 타올라
꽃별 되어 날아
이슬처럼 피어나는
존재의 이유
향기로운 당신 사랑합니다

이제는 돌아가야 합니다

얼핏설핏 미루나무 아래
고운 햇살 내릴 때
뜬금없는 첫사랑
실바람 타고
추억의 바다 건너온다

어둠 속 빛나는 백사
하맑은 순정
포말처럼 부서지는
파도의 노래로 달려오고
살며시 잡은
볼 붉힌 소녀의 손
짜르르 떨려올 때
전율 같은 행복으로
어쩔 줄 모르고
발가락 틈새
빠져나가고 싶은
푸른 눈 썰물소년
짓궂게 외면한
심술쟁이 소금인형

깊고 맑은 동해
은빛 주인공 되라 내몬다

얼핏설핏 미루나무 아래
별똥별 내릴 때
가슴으로 내려앉는
나무의 속삭임

임이시여!
이제는 돌아가야 합니다

고운 햇살처럼

들녘의 신선한 기운
먼동 트는 새벽
열린 창문으로
가만히 들어와 자리합니다

실눈 뜨고 바라본 세상
어제와 다른 모습으로
화사하게 단장한 채
다소 곳 다가와 앉습니다

행복한 하루 위하여
부드러운 커피향
마음의 여유
향기론 사랑으로 시작합니다

무겁고 암울했던 기억
훌렁 벗어 던진 채
희망찬 내일 위하여
준비하는 시간은 아름답습니다

무지개처럼 내리는
고운 햇살처럼
살포시 찾아오신 임
영롱한 풀잎이슬처럼 빛납니다

해 뜨는 동해

날개 꺾인 갈매기 추락한다
끝없는 나락으로
좌절과 고통의 연속
방황의 끝 보이지 않고
심연의 침묵만 자리하네

찰나를 놓으면 영원일 텐데

우연히 찾은 동해 외딴 섬
낯선 카페에 머문
한잔의 커피
뇌리 때리는 깨침의 순간
우주가 그 안에 있더라

영원히 날지 못하고
주저앉아 있을 줄 알았다

힘이 느껴지며 날고 싶어진다
허상의 껍질 깨고
자유 안에 비행 하고픈 갈매기

겨드랑이가 간지럽다
꺾인 의지 살아나고
영혼의 숨소리 가빠지며
창대한 파도 격랑처럼 일어난다

어디선가 새소리 들린다
사과향기 가득한 새벽바다
그곳이 진정 피안일 진데
혼자 갈 수 없음에
임의 손 꼭 잡고
한 점 섬 독도
해 뜨는 동해로 간다

함께하는 임
다시는 놓지 않으리라 다짐하면서……

새벽강

유성별 사랑
한 되어 떨어지는
슬피 슬픈 사연 들으며
충혈 된 눈으로
지새워 밝힌 까만 밤

찬서리 내리는 새벽강
당신 맞으려
맨발로 달려갑니다

물기 젖은 풀잎
혹여, 당신 고운 옷깃
풀물 들일까
하얀 손수건 동여맨 채
앞서 달려가
숨죽이고 기다리니

임이여!

새벽강으로 오셔서

풀물 든 사랑
가만히,
가만히,
가만히, 쓰다듬어 거둬 주소서

한섬 가는 길

해안선 따라 난
한적한 산길
이른 새벽
저 홀로 깨어난 이슬
풀잎의 노래 부릅니다

신록의 푸름
한여름으로 치닫고
이름 모를 산새 지저귐
바다 닮은 산인
마냥 행복하게 만듭니다

대나무 잎새 숨은 바람
감미로운 미소 되고
솔방울 달린 여유
마음껏 자유로워
백구울음 청아하게 퍼집니다

갯내음 향긋한 포구 닿으니
찰랑거리는 파도

간지러운 애무
발가락 틈새 넘나들며
은근하게 유혹합니다

명경보다 맑은 물속
마음 풀어놓으니
꽁꽁 걸어 잠근 문고리
살포시 열어주는
섬처녀 부푼 가슴 됩니다

저 멀리 뱃고동 소리
어촌 아침 깨우고
성실한 어부 일상 그리는
시인의 손길
황금물결 따라 곱게 춤춥니다

전원생활

어둠 찾아드는 시간
귀소 서두르는
아비새 심정으로
기다림의 둥지로 돌아온다

노을 물든 서산 아래
몽실몽실 굴뚝 연기
자글자글 밥 익는 소리
깊어가는 정겨움

키 작은 토담집
사랑방 이야기
끊임없이 이어지니
인생사 이유 없는 행복

뒷산 소쩍새 울음소리
슬프지 아니하고
오히려 마음의 평안
이보다 좋은 곳 어디 있을까

은하수 건너 별 하나
가슴으로 내려와
하얀 미소 천사 되어
천상의 향기 고이 뿌려 주시네

새벽강둑에 서서

밀물져오는 그리움으로
새벽강 나섭니다

물안개 자욱한 강둑에 서서
그대 고운 얼굴
가만히 떠올립니다

흐르는 강물 위
흐르지 않는 긴 여운 되어
탄흔처럼 자리하는

'사랑'

어느새 그대 안으로
달려가는 백치
강물과 하나 됩니다

한 번도
단, 한 번도 그대 놓은 적 없지만
죽어서도 놓을 수 없기에

오직 섬김으로
그대 안의 사랑노예 됩니다

임이여!

새벽강으로 달려온 내 사랑
물안개처럼 피어 오르니
부디 닻 올려 떠나지 마소서

기다림

애잔하게 흐르는
겨울연가처럼
잔잔히 사랑하겠다고
말할 수 있습니다

비 오고 바람 불어
몹시 불안해도
오직 한 마음으로
다가갈 수 있습니다

어릿광대 춤사위
한없이 어설퍼도
순수함으로
고이 맞을 수 있습니다

새벽으로 오실 당신
까맣게 타들어
하얗게 흩어져도
기도하는 수도승처럼
간절하게,

간절하게,
온전히 기다리겠습니다

연극은 끝나고

해줄 수 있는 것이 뭘까?
내가, 그대에게

그냥 내리는 비
돌아서 맞을 뿐인데
어찌하지, 그대를

망연히 흐르는 마른 눈물
말없이 찍어내며
살아갈 틈새
그대 닮으려
동화나라 왔는데
요술공주
슬픈 난쟁이
어울려 살아가라 하고
서둘러 막은 내려
공허한 객석
덩그러니 바람만 인다

연극은 끝나고

허허로운 비
상실한 주인공 되어
흔들리는 낯선 바다로 간다

동행

만난이란 끈 잡고
꿈꾸는 미래로 달려갑니다

알 수 없는 행로이지만
임의 손잡고
믿음으로 가려 합니다

작은 만남 소중히 여겨
인연이란 울타리 안
꽃향기 가득 퍼질 때

'동행'이라
감히 말하겠습니다

생각과 뜻
하나 될 수 없지만
같이 하는 진실된 만남
사랑으로 승화합니다

옹이처럼

마음 속 자리한 깊은 신뢰
함께 하는 사랑길
결코 외롭지 아니합니다

동해로 가는 길
임의 손
살며시 잡아봅니다

기차여행

회색도시 찾아드는
비 오는 날이면
밤으로 달리는
기차여행 떠나고 싶습니다

무작정 배낭 하나
달랑 메고
어디론가 떠나고 싶어지는 날

그렇게 생각 없이
이름 모를 간이역 찾아
밤으로 달려가고 싶습니다

수은등 불빛 반사되어
빗방울 닮은 젖은 산
깊은 눈으로
바라보는 고독한 중년

추억의 흔적
물안개처럼

아스라이 떠오르는
시인의 마을 찾아
회양목 아름다운
사원 밤으로 갑니다

눈물비 삭아 내리는
그날 오면
아득한 아쉬움으로
밤으로 달리는
기차여행 떠나고 싶습니다

가고 싶어

술

마시고
싶어
그렇게
독하게 마셨다

힘들고
싶지
않아서
지독하게 마셨다

혹여
아프지 않을까
그러면
허허로울지
가을이
흔적처럼 쌓이더라도

잠은

안 오고
별만
무너지는데
나,
겨울바다로 걸어간다

깊어 가는 밤
삭이어
아픔으로
사무치는 그리움이면

스치는 바람
영혼으로
가슴에
내려앉는 애달픔

나,
가고 싶어
지금도 너에게로……

III. 꿈꾸는 바다나그네

허수아비와 참새

이성 잃은 사슴처럼
맹목적 앞만 보고
정신없이 달려왔기에
안타까움만 타들어 간다

할 일은 많은데
이미 가을은 깊어 있고
열매 풍성하건만
마음의 평화 요원하다

진정 안주하기 원하건만
인정하지 못하는 현실
어리석은 나그네
또 다른 방랑 꿈꾼다

추수 끝난 빈 들녘
바람만 덩그러니
허수아비와 참새
쓸쓸한 노래 주인공 된다

노송사랑

굽은 노송 한 그루
깊은 밤 고독하게 서서
인고의 세월
침묵으로 일관하며
시린 세상
잔잔히 바라보고 있습니다

춤추는 학처럼
달님 한숨소리 들으며
도도히 흐르는 강물 닮아
물결 위 부서지는
별님 은빛 눈물
차마, 시려 외면하다 보니
등 휘어
굽어져 버렸나 봅니다

임은 그랬습니다

여윈 잔설
아름다워 보이라고

나그네 지친 몸
쉬어 가라고

갈 곳 없는 철새
쉬어 가라고

아름다운 희생으로
몸 태워 밝히는
촛불사랑
스스로 원했습니다

잔잔한 임 사랑 아래
관조의 눈으로
당당하게
세상 향해 나갑니다

동해의 반짝이는 햇살 받으며……

나, 그대만 사랑할 것입니다

그대 목소리
잔잔히 건너오던 날
나,
사랑에 빠졌습니다

그대 향기 젖어
정신없이 헤매는 사슴 되어
나,
그대 사랑하게 되었습니다

외로움의 늪에서 건져준
그대 위하여
나,
사랑노래 부릅니다

언제나 함께하실 그대
섬김으로 세운
영원바위

흔들림 없는 마음으로

생명 다하는
마지막 날까지
나,
그대만 사랑할 것입니다

섬기는 사랑

동해바다 깊은 곳
고운 사랑 물결 되어
잔잔히 다가오면
그 사랑 세워
온전히 쉬어가는
푸른 초원이고 싶습니다

이른 새벽 먼동으로 다가와
좋은 인연으로 자리하는
당신 눈물사랑
이제껏 아팠다면
이제는 치유 받는
눈물 없는 세상으로 모시고 싶습니다

당신 잿빛가슴
너무 깊이 곪아
달리 위로할 수 없지만
섬기는 사랑으로
조금이나마 위로하고 싶습니다

아프지 않길 소원하며
잃어버린 미소
다시 돌려드리려
오직 당신 위한
존재의 의미로 살아가고 싶습니다

저녁노을 곱게 걸릴 때
울어 지쳐 시린 세월
안으로 삭이어
누리지 못했던 행복
온전히 채워드리는
천년바위 되어
당신과 영원히 함께하고 싶습니다

사랑의 이중성

당신은 아프면 아니 됩니다
당신은 우시면 아니 됩니다
당신은 슬프면 아니 됩니다

젖은 땅 가시려 거든
마른 저의 몸
온전히 즈려 밟고 가소서

당신은 버렸지만
저는 섬김으로 답합니다

당신의 가슴에 저는 없지만
인두에 덴 상흔처럼
저의 시린 가슴
안으로,
안으로,
안으로 사위어 갑니다

혹여,
고독이 비바람처럼 몰아치고

외로움으로
가슴 무너져 내리는 날 오면
그때 가만히 불러 주소서

임의 그림자처럼
사랑의 울타리 되어
멀리서,
멀리서,
멀리서 지켜 드리리다

임이여!
저는 죽어도
당신 떠나지 아니합니다

아니, 못합니다
죽어도,
죽어도,
죽어도……

사랑으로

채울 수 없기에
내팽개치듯
버려둘 수도 없었습니다

지난 시절
힘든 불면의 시간 잊으려
가슴 찢어지는
고독노래 불렀습니다

이제 궂은비 내리는 날
슬픈 뒷모습
처량하게 버려지는
그런 사랑하지 않겠습니다

비록 겨울 나그네 되어
외로운 길나서도
새하얀 눈꽃
함께하는 포근함
행복하게 걸어가는 것

칠흑 같은 어둠 속
은은하게 풍겨 나오는
당신 사랑
빛나는 보석으로
내 안에 존재하기 때문입니다

사위어 가는 눈물사랑

서해 가는 길 외로운 들녘
여물지 못한 벼 이삭
홀로 타들어 가는데
허수아비처럼 서있는
외로운 송전탑
내리는 빗속 여위어 간다

떨어져 내리는 추억
날카로운 파편
가슴 후비며 파고들어와
옹이처럼 각인되어
슬픈 연가 구슬피 흐른다

그리움은 빈 술잔
차곡차곡 쌓여만 가는데
무너져 안타까운 술병
갈 길 몰라 헤매는
외로운 새되어
잿빛구름 위 떠돈다

바다로 가면,
고독한 배 되어
알 수 없는 세상으로
갈 수 있을지
비 내리는 선창 홀로 서서
새벽으로 오실
임 기다리며
안으로,
안으로,
사위어 가는 눈물사랑 됩니다

꿈꾸는 바다나그네

칠흑 어둠 헤치고
여명으로 찾아온
새하얀 희망
푸른 물결 헤치며
수평선 넘어
미지의 땅 찾아
힘차게 항해하는
은빛 물결 따사롭다

공허하게 흩어지는
거울 속 아픔
모른 척 서둘러
흘려 보낼 수 있음은
해맑은 미소 띠며
영화 같은 삶
주연으로 오신
당신 때문입니다

이른 새벽 깨우는
찔레꽃 사랑
고운 향기 취한
꿈꾸는 바다나그네
동해바다 한 켠
굳은 마음 열고
안착의 닻 살포시 내린다

잠시 쉬었다 가자

마음 채우니
저승문 보이더라

마음 비우니
천국문 보이더라

무지한 마음
오늘은
내가,
널 잡으려 하노라

참, 정신없이
달려온 시간 일세

마음아!

너,
잠시 쉬었다 가라

오늘은……

환생을 꿈꾸며

백지에 그린 사연
무채색 물감으로 단장하면
겨울밤 별똥별
낙서처럼 춤추며 사라지고
칠흑 같은 심연의 미로
천길 단애 떨어지는
고독한 방랑자
슬픈 별리
안으로 사위어 간다

지독한 불면의 시간
떠도는 아픔
야누스의 밤 깊어
술잔에 머무는 방황
갈 곳 잃어 헤매기만 하고
돌아오지 못할 강 건너
미지의 땅 닿으면
덩그러니 내던져진 죽음
이름 모를 풀꽃 되어
환생을 꿈꾼다

감사하나이다

신이시여!
감사하나이다

나에게 시(詩)를 쓸 수 있는
힘을 남겨 주셔서

새하얀 백지 위
피 토하듯
절규할 수 있는 여백 주셨기에
아직 마르지 않은
펜을 세웁니다

어느날 갑자기
삶을 놓아야 할 시점 오면
나의 분신,
시(詩)에서
아름다운 인생 흔적 보소서

고통과 질곡으로
점철된 삶 인줄 알았는데

진실로 위안 받고
사랑받는
그런 귀한 삶 이더이다

시(詩)가 있었기에

신이시여!
감사하나이다

시(詩)로써
표현할 수 있는 능력 주셔서……

기다림의 완성

외로움 안고 살아온 세월
이제 안주하려
고독했던 시간 접고
지친 영혼 감싸주는
그 안에 안주하려 합니다

비 오지 않아도
바람 불지 않아도
동해에 서있지 않아도
살아갈 수 있는
담담한 사람으로 말입니다

많은 시간 보내며
아픔 삭이고 기다리며
다시 놓을 수 없는 사랑
꿈꾸어 왔기에
이제 그 사랑에 춤추려 합니다

지치고 포기 생각할 때
햇빛으로 다가오신

당신과의 만남
준비된,
나의 기다림 이었나 봅니다

아침이면 피어날
당신 고운 미소 아래
동해의 새벽
새하얀 미소 드러냅니다

저, 이제 갑니다

어릴 적 등목 해주시던
당신 손길이 그립습니다

세월의 흔적 가득
당신의 주름진 얼굴
어리석은 불효자
그저,
마른 눈물만 흘립니다

시린 가슴
조금이나마 위로하려
당신의 사랑
한 점 별 데리고 갑니다

당신 외로움 함께하지 못한
안타까움으로
다시는 찾지 않겠다는
허언 뒤로 하고
매몰차게 떠나왔지만

저, 이제 갑니다

버선발로 달려오실
당신 알기에
저의 발,
동동걸음 됩니다

해 뜨는 동녘
당신 계신 그곳으로……

방황의 늪

술 취한 새벽 더듬고 있다
아름답게 살고 싶은데
의지와는 상관없이
무너져 내리는 육신

신발이 자유로워지고
걸치고 있는 누더기
껍질의 탈 벗고
행성 되어 날아간다

청상(靑孀) 닮은
소주의 눈물 떠올리며
새벽녘 주막 찾아 나선다

잔잔한 세상의 향기 맡으려

취하고 싶어 취하였노라고
잊고 싶어 잊었노라고
그리움에 젖은
외로움 숨기려고

술잔에 어린 흐릿한 잔영
가슴 깊이 묻어둔 아픔
마신다,
홀로 사위어 온 세월이기에

술잔에서
눈물이 걸어 나온다

춤추는 어릿광대
허우적거리는 방황의 늪에 빠져서……

천상재회

긴긴밤 사무치는 외로움
목 놓아 우는 소쩍새
이슬 머금은 풀꽃으로
하얗게 태어납니다

사과향기 곱게 휘날리는
유두빛 계절이지만
당신 향한 그리움
창살 없는 감옥 수인 되어
사위어 가는 슬픈 영혼

한 떨기 초라한 잎새
찬바람 흔들려도
깊어가는 마음
이루지 못한 사랑 위해
간절히 천상재회 꿈꿉니다

영글지 못한 인연
향기로운 그 날 오면
눈물로서 부둥켜안고

다시는 놓지 않겠습니다

당신 핏속 영원히 떠도는
머물고 싶은 사금파리 일지라도……

천년바위

어디에서 왔기에
어디로 갈까요
아무것도 모르기에
알려고 노력도 하지 않았나이다

그저 바람불면
바람 따라
낡은 걸망 메고
허허로이 떠돌아 다녔나이다

이른 새벽
이슬 맺힌 풀꽃
가녀린 흐느낌에서
일렁이는
임의 눈물조각 보았나이다

외로운 방랑길
고뇌하는 슬픈 영혼
잃어버린 자아 찾아 산으로 갑니다

인적 끊긴 깊은 산
기다림에 익숙한
천년바위
안온한 안식처 되어
세상으로 담담하게 나옵니다

이제는 쉬어 가시고
함께 하소서
눈물세월 한숨소리
삭아 내린
오랜 그리움에 목마른 임이여……

도시의 이방인

해질녘 퇴근길 도시의 군상
앞만 보며 종종걸음으로
귀가 서두르는데
그들의 몸짓
영사기로 재조명하듯
바라보는 글쟁이
어느덧 도시의 이방인
포장마차 여주인
애처로운 눈길 느끼며
비애의 주인공처럼
한숨 가득한
고독한 술잔 비운다

목구멍 타고 내리는
전율 같은 쾌감
젊은 날 초상 되어
이슬처럼 사그라지면
방황의 골짜기 깊어만 간다

화려한 네온사인

침묵으로 잠들 시간
술 취한 아가씨
위태롭게 비틀거리는
또 다른 귀가길

정녕, 어디로 가야한다 말인가?
머물 곳 잃은 발모가지
놓아버린 몸뚱이
정처 없는 길

허허세월 가장자리에 서서……

Ⅳ. 아름다운 청년

외론 이슬눈물

한 번도
단, 한 번도
속마음 주지 않았지만
모든 것 던지고
똬리 튼
향기로운 꽃방석

허리 휘어진 기다림
어울리지 않는
장밋빛 길목에 서서
언젠가 달려오실
안씨로운 당신으로
사윈 풀꽃대궁
모가지 걸고
한으로 매달린
외론 이슬눈물 됩니다

안타까움

지금 알고 있는 것
그때도 알고 있었더라면

마음 속 사무치는 그리움
행복하게 맞으며
조금 덜 고민하고
사랑함에 있어서
궁박스럽게 인색하지 않고
모든 것에 열중하고
외로워하지 않으며
기다림을 일상의 일처럼
담대히 받았을 텐데

지금 알고 있는 것
그때도 알고 있었더라면

안개처럼 사라진 시간
아쉬움으로 삼기보단
꼭 돌아온다는 희망으로
다가오는 새벽 맞으며

모든 것에 진실하고
순수하게 인내하는
새하얀 마음으로
눈 맑은 어린아이처럼
살아갈 수 있었을 텐데

시리고 시린 길목에 서서
안타까움 끌어안고
허전한 가슴으로
넋두리 같은 푸념만
안으로 싸하게 타들어 갔다

별똥별 스러지던 그 밤에……

잠들고 싶다

술잔 다하여 먼동이면
지독한 지난 밤
기억 속으로 잦아들고
어쭙잖은 나의 삶
주정뱅이 외침
홀로 지친 술잔 되어
시름시름 여위어 가겠지

잊고 싶은 괴로운 사연
슬픈 눈물인 냥
가슴속 깊이 자리하는
찬서리 내린 새벽
세워 지키지 못한
안씨런 사랑으로 울고
쓰러져 피 토하는
마른 눈물 되어 헤매겠지

구슬피 타는 수은등
외롭지 않으라고
가만히,

가만히,
자리하는 나그네
그대 안에 잠들고 싶어
흐르지 않는 빈 잔에 머문다

술병 다하여

술병 다하여 바닥이면
모르는 두려움
어둠 속 자리하고

비 내리는 날
잔 던지고
알몸으로
여윈 하늘아래 춤사위

털어내듯 비운 잔
아쉬움과 미련
알 수 없는 길 헤매고

눈물로 지샌 밤
바람으로
새되어 날아가면
혹여, 그대
아는 척 하실런지요

소리 없이 가득

사윈 사랑
끝없는 안개길 가다 보면
어둠 속 빛나는 별
희망으로 다가와
새하얀 새벽
그대, 생명으로 오시겠지

술 땡기는 날

그래요
그랬답니다

허허로운 세상

오늘, 술 마셨습니다
아프지 않는 술을

비가 왔으면 합니다

마른 비 내리면
나, 춤출 수 있을까

그리움!

가슴에 묻고
당신 기다려 왔다고
그래도 될까

홀라당 벗고

비 맞았습니다. 그냥

혹여 모른 척
나, 놓으려 해도
놓지 못할 당신 알기에

오늘은
그런 날입니다

술 땡기는 날

예감이 좋아

인사동 뒷골목
낯익은 주막
한가로운 오후
잠시 쉬어 가길 유혹한다

좋은 친구랑
시름 잊은 여유로운 낮술
시사랑 깊어만 가는데
맛깔스러운 부추전
대나무통 죽순주
익어가는 술잔 넘치고
감미로운 음악
봄볕 따사로운 기분
스쳐 지나가는
아름다운 연인들
잔잔한 미소로 피어난다

주거니 받거니
세월의 시(詩) 마시니
인사동 그 주막

'예감이 좋아!'

소망합니다

기도하며 소망합니다
지나왔던 슬픈 기억
말끔하게 잊게 해달라고

순수하게 소망합니다
어릴 적 동심으로
살아갈 수 있게 해달라고

열정으로 소망합니다
젊은 날 피 끓는 청춘으로
투쟁했었다 외쳐보라고

진실로 소망합니다
거짓 없는 삶이라
속고 속고 또 속아도
또 속아보자고

모자란 듯 소망합니다
채워도 채워도
채울 수 없음에
마음마저 비우자고

고통인 듯 소망합니다
언뜻 보니 저승인데
알고 보니 꿈의 낙원이라고

잊은 듯 소망합니다
가슴 도려내는 지독한 아픔
진작은 성숙이기에

은혜 하며 소망합니다
떠나가신 임 걸음마다
고운 향기 나시라고

잡을 듯 소망합니다
함께할 수 없음에
보냄으로 영원히 가질 수 있기에

사랑인 듯 소망합니다
살아 숨 쉬는 동안
다함없는 사랑으로 충실하라고……

이보시게, 친구!

시절 좋으니
저절로 가락 일세
기생 매향 한가로이 춤추고
좋은 벗 찾아와
담소 즐거우니
어이 곡차 한잔 안 하겠나

이보시게, 친구!

자네 마실 곡차
정으로 가득 채우고
내가 마실 곡차
사랑으로 채우 나니
순간순간 즐거움 가득 하이

태백이 따로 있나
오늘은,
자네와 나
신선 되어 초원에 묻혀봄세

가는 세월 잡지 말고
오는 세월 막지 말고
흐르는 강물처럼
유유히 따라 가세나

내 안의 자네
평안이요
자네 안의 나
행운 일세
영원히 변치 말고
땅 끝까지 어깨동무하고 가세

자유

껍질 깨고 자유 하고 싶어서
날개를 달았습니다

우주가 숨죽이고
손가락에서 피가 납니다

썩은 가슴 파닥이는 물고기
화장을 합니다

죽어서 살아있는 영혼
사랑방 잦은 숨소리
농부의 마음 이런가

도시의 숨죽인 아스팔트
해맑은 까치 울음소리
빛나는 산골

날개가 춤춘다

왜!

비 오냐고

외눈박이 세상인데
바람만 억세게 몰아칩니다

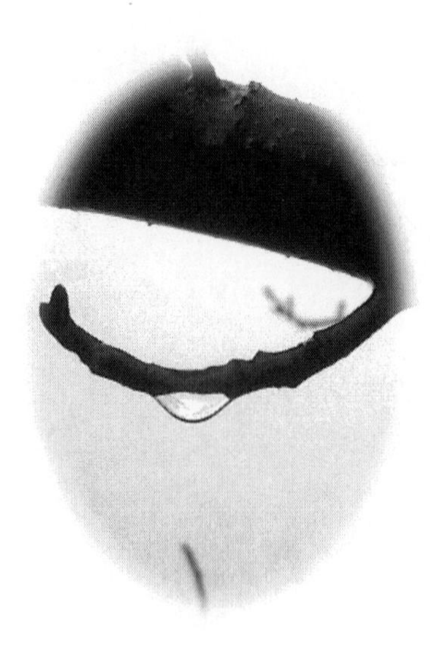

하나 되는 즐거움

파아란 하늘 너무 고와
봄 햇살 미우시라
미루나무 아래 누워 본다

바람이 포르르 내려앉아
겨드랑이 간질이며
여기저기 기웃기웃

때 이른 매미
시절 좋아 일찍 나왔노라
새하얗게 노래하고
호랑나비 너울너울
노오란 꿈 먹고
초록 바람결에 춤추며
백로 한 마리
서럽지도 않는지
고즈넉한 기풍으로
여유롭게 고독 즐긴다

얼기설기 내 안의 임

바람으로 날아와서
홀씨 되어 살포시 앉으니
빈 하늘 한껏 더 익어
욕심 버린 마음
한가로이 하늘가 노닌다

미루나무 아래
한순간, 자연으로 돌아가
하나 되는 즐거움
가슴은 사르르 사르르

꿈꾸는 삶

당신 사과향기 맡으며
부시시 눈 비비며
새하얀 아침 맞이하고 싶습니다

지난 밤 꿈속 이야기로
하루 시작할 때
방긋 웃으며
창문 열어 주는
당신과 함께하고 싶습니다

정신없이 바쁜 삶의 현장
잠시 쉬어 가라
전화 주시는
당신 감미로운 목소리
땀 한줌 훔치며
하늘 바라볼 수 있는
여유로움으로
살아가면 좋겠습니다

퇴근길 정다운 벗

소주잔 속
당신 어여쁜 모습 떠올리며
어설픈 몸짓으로
귀가 서두르는
평범한 가장이고 싶습니다

익숙한 귀가길
당신 위하여
안개꽃에 묻힌
장미 한 송이 그리며
그냥 지나치지 않는
화원 사랑하는
그런 사람이고 싶습니다

당신 향기 속에서
깊어가는 밤
편히 놓고
꿈으로 빠져들고 싶습니다

깨어서 기다리세

낮게 자리한 어둠 사이로
하루 접는 산새 한숨
배고파 칭얼대는
철부지 아기새
날갯죽지 접은 아비새 입엔
한숨만 물린 서글픈 현실

고통으로 저녁 짓고
아픔 잘게 썰어
눈물진 찬으로
내어놓을 수밖에 없지만
지금은 질곡
새벽은 다시 온다네

더디 오는 것 같지만
저기 저곳에서
숨 가쁘게
달려오고 있지 않는가

오늘을 놓고

잠시 스쳐 지나가는
먹구름 속
행운 같은 달님 맞는 것처럼
깨어서 기다리세

우리, 깨어서 기다리세

아름다운 청년

늦은 퇴근길
포장마차 간지러운 유혹
등 돌려 외면
안타까움 뒤로 한 채
귀가 버스 구석 자리
비 내리는 차창 내다본다

스쳐 지나치는 가로등
아릿한 불빛 아래
부서지는 빗방울
물안개 되어
흐느끼듯 흩어진다

앞 좌석 젊은 여인
물기 젖은 긴 머리카락
고혹적으로 흘러내려
괜한 즐거움
홀로 실소하여 본다

어느새 중년의 길로 들어
덧없이 지나온 세월

물러서 관조하 듯
뒤돌아볼 수 있는 여유는
아직도 달려가야 할
길이 멀기만 하기 때문이다

아름다운 청년
그 마음 그대로
언제까지 푸르게 살아가리라

꿈나무

꿈속에서
나무 하나 심었습니다
작지만 정성 다하여
소중하게

나무는 말합니다
임의 소중한 사랑으로
아름다운 나무 되고 싶다고

무심세월 지나
깊은 산 숲 속
등걸보다 웅장한
사랑나무 되어 있겠다고

꿈나무 하나 고이 키워
세상으로 보냅니다
당당히 웅지 펼쳐 보라고

그때야 말하리라
비바람 찬서리

전혀 두렵지 않았다는
너의 말 믿었노라고……

아기새

'아휴! 잘 잤다'

아침 알리는 아기새 지저귐

몇 시나 되었나요?
이놈아!
그때 그 시간

아침은 그렇게 열렸는데
어미새 마음에서 놓고
아침모이 제대로 먹여 본적 없기에
가슴만 아려 오는데

학교 다녀오겠습니다
아기새, 세상으로 나갑니다

일상 속 유영
어김없이 찾아오는 폰의 울림
오늘도 늦을 겁니까?

어미새 되어 버린 아기새

아비새 깊은 상념
아기새 마저 아프게 하였구나

둥지로 돌아오는 깃털
피곤치 않음은
꿈꾸는 그리움처럼
작은 아기새 기다림 있기에

지친 날개 접고
아기새 품을라치면
동짓달 삭풍마저 훈풍으로 변한다

나의 항해

이른 새벽 들녘 안개눈물
가랑비 되어
잦아드는 그리움이라면
나의,
기다림인 줄 아옵소서

조용한 시골 담장의 마른 꽃
봄바람에 한숨 녹아
새싹 돋으면
나의,
외로움인 줄 아옵소서

산속의 풀씨처럼 소리 없이
당신 어깨 내려앉은
이름 모를 새 보시거든
나의,
분신인 줄 아옵소서

그리움으로
새싹으로
이름 모를 새 되어

새벽바다로 나갑니다

어머님 품 같은
동해 잔잔한 새벽
하얗게 독도 떠오르면
영원한 파도처럼
나의 항해 시작됩니다

동행 동인들의 사랑글

문운의 발전과 영광을 빌며

배부름보다 마음부름으로 살고자 하나, 현실은 시집 한 권이라도 물질로 계산하는 세상이라……

安貧樂道의 안택상 시인이여!
그대의 영적 승화물인 작품을 출간하여 세상 빛 보시니 참으로 장하고 장합니다. 참으로 위대합니다. 오늘은 온누리 축복의 햇살이 너무나 곱습니다. 부디 큰 별로 자리 하소서. 영광의 문운이 늘 임과 함께 하소서.

안택상 시인은 배고픈 시인이다. 그러나 육신을 불리기 위해 구걸하지 않는다. 다만 마음부름 풍요에 행복한 사람이다.

詩란 삶에 있어 기쁨과 슬픔 그리움 등의 실리적 현상을 언어를 용해하고 투영하는 고도의 정신적 작업이며 새로운 세계로의 도전이며 창조하는 산물이다. 詩人은 하나의 작품을 완성하기 위해 고뇌한다.

여기 새벽 안택상 시인은 순수문학을 지향하는 새벽문학관를 운영하며 시 세계에 푹 빠져 시를 위해 태어난 사람이다. 안택상 시인, 그는 어느 한 곳에 매임을 싫어하고 들어냄을 거부하고 형식을 멀리한다. 즉, 자연의 일부로 돌아가 술과 훈훈한 정속에서 인간의 희로애락을 소탈하게 노래하는 서정적 순수를 지향하는 시인이다.

우리는 흔히 詩는 언어의 藝術이라고 한다. 안택상시인의 언어는 기교를 부리지 않고 수수하다. 꾸밈없는 사유, 경험과 느낌이 내면에 들어 오랜 되새김질 끝에 피는 언어의 꽃이다.

그의 작품 속에 승화된 언어는 인간의 본질을 닮아 순화한 정서의 아름다움을 그 자체이다.

그러므로 그의 작품은 거부 없이 편안하게 독자에게 다가가 독자와 하나 된다.

안시인의 작품을 만나면 나를 만난 듯 반갑고 쉽게 동감 되어 하나가 된다. 그리곤 다가온 감동은 은은한 파장으로 시작하여 오랫동안 가슴에 남는다. 이는 새벽 안택상 시인만의 독특한 詩 맛이다. 그의 삶 자체가 시적작품이기 때문이다.

배고픈 현실을 딛고 각고 끝에 결실을 맺어 세상 빛을 보게 됨에 진심으로 축하를 보내 드린다. 선필로 안 시인의 앞날에 문운의 영광이 늘 함께하기를 기원하는 바이다.

<만추의 뜰에서 임향>

새벽 안택상 시인은 나에게 고향 선배이자 문단의 선배이다.
나는 그의 이름을 조금이라도 알기에 그의 글 속에 숨은 마음을 나의 문이라고 생각한다.
이유를 말하자면, 글을 쓰는 이유와 왜 글을 써야 하는지 아픔이 무엇인지 알기 때문이다.

새벽의 詩

청솔 김병갑

안락한 생활 속에서
적어가는 詩는
진정한 詩가 아니며

택거하여 적는 詩 또한
자신이 꿈꾸는
詩가 아니라 생가하며

상념도 저버리고
오직 詩의 마음을
배우고자 하는
새벽이 오기 전
어둠 속에서

자신의 꿈을 詩로써 새벽을 열고자

벽을 허물어 새벽을 알리는
새벽 안택상
새벽을 전하는 시인이다

(이 詩로 새벽 안택상 시인을 표현하고 싶다)

<청솔 김병갑>

먼저 풍성한 계절에 출간하심을 진심으로 축하 드리면서 내가 아는 새벽 안택상 시인님에 대해서 몇 마디 소감을 적어본다.

오랜 시간 문단에서 함께하지는 않았지만 몇 편의 글을 보는 순간 늘 손해를 보면서 사실 것 같은 보기 드문 순수 자연인으로서 너무도 소박한 분이라는 걸 알 수 있었습니다.
늘 넉넉한 자연과 더불어 여유로운 마음으로 살아가는 안 시인님의 글 세계를 근래 샅샅이 들여다보면서 독특한 소재가 아니어도 그만이 가지고 있는 카리스마에서 끌어내는 무한한 잠재력을 보고 놀랐습니다.

일반적인 생활 속에서 묻어나는 순수한 소재들만으로 가슴 울리는 글을 쓰시는 것을 보면서 천부적으로 타고난 글쟁이시구나 하는 것을 알 수 있었습니다.

누구나 공감대를 형성하고 편안한 마음으로 볼 수 있는 글이기에 저 또한 안 시인님의 글을 좋아 할 수 있었지 않나 싶습니다.

다시 한 번, 시집 출간을 축하 드리면서......

<안규리>

새벽 안택상 시인님의 글을 접하고 나면 마음은 어느새 산이 되고, 물이 되고, 바위가 되어 가기도 합니다. 강과 산은 절대로 맞닿을 수가 없겠지만, 강이 되고픈 사람은 강으로 흐르게 하고 산이 되고픈 사람은 산을 닮게 만듭니다.
삶의 희로애락에 연연하지 않게 무심히 흘러가는 강물로 흘려보내려고 우뚝 솟아 있는 산처럼 우리 삶 안에 흐르는 마음으로 찾아가면 품어주는 산처럼, 유유히 세월을 노래하는 마음으로
막힘이 없이 언제나 유유한 강물처럼 품어주고 풀어주는 그런 글을 쓰십니다.

이번에 출간하시게 되어 독자로서 참으로 행복합니다.
부디 건필 하시어 문운 대길 하시기 바랍니다.

<문필 박희진>

먼저 시집을 출간하심에 작지만 제 온 마음을 다해 축하 드립니다. 안택상 시인님과의 인연은 긴 세월은 아니지만 처음 뵈었을 때와 지금의 모습이 항상 한가지로 시를 사랑하고 그 속에서 살아가는 모습에서 항상 존경하는 마음을 갖게 되었습니다.

시인님의 시를 보며 나 자신을 생각하고, 글 속에서 잔잔하고 애잔함이 함께 묻어남에 가슴 아파 눈물 흘린 적도 많았지만 그 속에서 나 자신이 위로 받을 때도 많았던 것 같았습니다.
우리가 살아가면 가슴으로 느끼고 몸으로 부대끼며 살아가는 모습을 글로 풀어낼 수 있음은 아마 안택상 시인님이 살아온 시간들이라 생각해봅니다.

글 쓰는 분은 배고파야 좋은 글이 나온다고 했던가요? 안 시인님의 글도 그 속에서 나왔을 것입니다. 유명한 시인이기 보다는 노력하는 시인으로 살아가기 원하며, 글이 좋아 글을 쓰고 그 속에서 묻혀 살아갈 수 있는 것은 아마도 맑은 영혼이었기에 가능하지 않나 싶습니다.

인고의 시절에도 밥보다 글을 사랑하는 시인님 이었고, 아무리 힘들고 배고픈 고행의 길에서도 세상을 원망하거나, 미워하는 마음 없이 순수하고 맑은 영혼이 아니었다면 지금의 글이 나올 수도, 지금의 안택상이라는 한 시인으로 우뚝 설 수 없을 것입니다.

속세에서 욕심은 화를 부르고 순수함을 일어가기에 앞으로도 그를 쓰고 살아가면서 어떤 어려움이 앞을 가로막는 일이 있더라도 순수함을 잃지 않으며 세속의 때 묻거나 물들지 않고 맑은 영혼으로 헤쳐나갈 수 있도록 지혜의 힘이 영원하기를 소원해봅니다.
안택상 시인님! 진심으로 축하 드리며 건필 하십시오.

<새로운시작 한순금>

먼저, 제가 시인님의 시를 처음 접하게 된 것은 친구가 전화로 낭독해 준 것이 다였습니다. 그 시를 듣고 친구에게 말했죠.

"그 사람 미사여구에 능통한 것 같아."
그러나 얼마 안 되어, 그것이 저의 편견이었음을 깨달았습니다.

시인님의 시에는 소박한 삶이 있고, 유쾌한 해학이 있고, 따뜻한 마음이 있었습니다.
(저는 개인적으로 시인님의 해학을 좋아합니다.)

그리고 이런 결론에 이르렀지요.
'이 사람은 타고 났어! 대단해!'

시인님의 인간성이나 인품은 잘 모르나, 이것 한 가지는 분명합니다. 소설이나 수필, 시 들 어떤 글에도 작가의 본심이 드러나 있기 마련이지요. 시인님의 시들은 꾸며진 화려한 미사여구가 아니라 있는 그대로 느껴지는 그대로 라는 걸요.

그래서 제가 시인님의 시를 참 좋아합니다. 아마 다른 분들도 같은 생각이라 사료됩니다.
끝으로 시집 출간을 진심으로 축하 드리면서, 새벽 안택상 시인님의 시심이 날로 아름답게 창성하시길 바랍니다.

<여우비 이정숙>

시란 마음에서 우러나와야 모습을 나타내고 스스로 겪어보지 않은 세계는 시어로 승화되지 않는다고 봅니다. 제가 안택상 시인님의 글에서 온전히 내 마음을 일고 작은 것 하나라도 살펴서 아름다운 시어로 탄생시키는 그 마술에 매료됨입니다. 시인님을 안 이후로 살아오신 흔적을 찾아보니 앞으로도 수많은 시들이 생산될 것이라 생각됩니다. 아픈 이들의 마음을 대신해 줄 수 있는 시어들이 나올 것을 기대해봅니다. 개인적인 일상도 좋지만 더 포괄적이고 더 낮은 곳의 외침을 대신해 주실 것을 믿어봅니다. 아름답게 표현하기란 많은 살이 붙기 마련이지만 군더더기 없는 시인님의 시를 좋아합니다. 시를 한 번도 써본 적이 없지만 느낄 줄은 알아 섣부른 길을 먼저 갑니다.

<샛별 고미숙>

어느 곳을 가나 최고의 부끄러운 나이로 부각되며 활동하며 살고 있는 나의 삶이 과연 잘살고 있는 것인가 하고 나 자신에게 반문한 적이 한두 번이 아니었습니다. 가슴 한 켠이 답답할 때면 모든 것을 훌훌 털어버리고 쭉쭉 뻗은 고속도로를 달려보지요. 그러노라면 시원한 바람을 마시며 기분전환이 되지요. 지난 문학회 모임 때 분수도 모르고 젊은이들 가는데 오란다고 가야 하나 망설이다 드라이브할 겸 갔었지요. 새벽 안택상 시인님을 처음 보았을 때 아주 날카롭게 보았는데 젊은 분이 어찌나 소탈한지 놀랐었습니다. 바쁜 시간 쪼개어 시인님의 글을 보며 영혼이 맑은 소유자이고 인간적인 냄새가 물씬 나는 사나이로구나 하고 생각되었기에 오늘 이 시점까지 함께하게 되었지요. 시와 영혼을 사로잡는 문학과, 선량한 품성의 사람냄새 나는 시인님과 항상 함께합니다. 어둠 속에서 허우적대는 사람들을 위해서 영혼을 채워주고, 친구가 되어주는, 영원한 우리들의 동행인이 되길 소망합니다. 시집 출간을 다시 한 번 축하하며 건승하길 바랍니다.

<div align="right"><<b>다향</b>></div>

넓은 마음속 수많은 생각들이 한 편의 좋은 詩가 되는 것!
이 얼마나 매력적이 작업 인지요.

보고,
보고,

생각한 것,
이 모든 것이 詩가 되어
눈부시게 아름다운 빛을 발합니다.

안택상 시인님의
생활 속에서 묻어나는 진솔한 언어의 고백.
언어의 유희나,
언어의 치장이 없이도,
충분히 아름다울 수 있음을 일깨워주곤 합니다.

'좋은 글은, 산해진미보다 맛깔스럽다'
안택상 시인님의 글에 부칩니다.

<애니 이재영>